KB019292

눈물 없이
살 수 있으랴

신사봉 시집

초판 발행 2018년 9월 24일

지은이 신사봉

펴낸이 안창현 **펴낸곳** 코드미디어

북 디자인 Micky Ahn **교정 교열** 편집부

등록 2001년 3월 7일 **등록번호** 제 25100-2001-5호

주소 서울시 은평구 갈현로 318-1 1층

전화 02-6326-1402 **팩스** 02-388-1302

전자우편 codmedia@codmedia.com

ISBN 979-11-86104-94-1 03810

정가 10,000원

이 책은 성남시 문화예술발전기금을 보조받아 발간되었습니다.

눈물 없이 살 수 있으랴

신사봉 시집

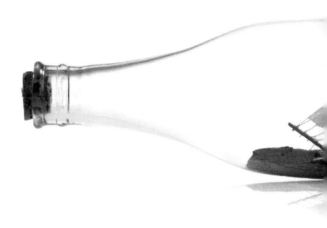

오늘의 시가 난해하고 난삽해진 것에 대해 나는 비교적 쉽고 흥겹게 쓰고자 노력한 것들이다. 글쓴이가 자신의 학식을 과시하기 위해서 혹은 독선을 부리기 위해서 그렇게 썼다면 이야말로 치기 어린 넌센스에 지나지 않는다. 무릇 좋은 글이란 많은 사람들에게 즐겨 읽히고 오래 감동을 자아낼 수 있는 것이 아니겠는가. 그래서 나는 가급적이면 난해하지 않게 배운 것을 정감 있게 참고하여 썼다. 「풀꽃」으로 유명해

진 나태주 시인님처럼 독자들의 호응을 얻을 수 있을
지 궁금하다. 사랑하는 분들이여, 아버지는 6살에, 어
머니는 12살 되던 해 저세상으로 떠나셔서 비록 가방
끈은 길지 않지만, 어찌 눈물 없이 살 수 있었을까. 독
학의 길에서 '사물의 얼굴'이라는 시를 쓰는 일만이
내 삶의 힘이 되어주었다. 그동안 나를 지도해 준 여
러 선생님들과 문우님들께 감사의 말씀을 전한다.

2018년 10월 8일 73주년 생일 분당 자택에서

01

바람이 불면

02

환승역에서

03

마음의 창

04

인생이란

05

시간에 대하여

눈물 없이
살 수 있으랴

붓꽃 하나 피어났다
끈질긴 힘,
짜릿한 흙냄새
떨림과 울림이 되고 노래가 된다

-「봄소식 2」부분

1

바람이 불면

몰랐다

바람의 가는 숨결이
그렇게 소중한 것인 줄 몰랐다

길섶 작은 풀꽃의 미소가
그렇게 아름다운 줄 몰랐다

빗줄기 하나하나가
큰 시냇물이 되는 줄 몰랐다

피곤에 지친 하루의 끝에 앉아 나누는
맑은 담소가 그렇게 힘찬 줄 몰랐다

글자 한 자 한 자가 모여
꿈과 생기를 일으키는 줄 몰랐다

못다 이룬 꿈

꿈은 나이를 먹지 않는다
어떤 꿈은 멍청해서
땅 위에서든 바다에서든 뜬구름

어떤 꿈은 나약해서
가을바람이 불기도 전에
그림자

욕망과, 좌절과, 고독들은
시궁창에 빠져드는 길

우두둑우두둑 겨울나무들
고고高高하고 견고하여
이루지 못한 소원은 붙잡지도 않아
봄은 벌써 초록빛 비추네

무더운 여름

불볕 찌는 더위에도
들에서 나래질하는
농부의 검게 탄 오후

피곤이 눕히려 안간힘 하지만
나무 위에선 매미가 울어 댄다

맹렬한 기세로 덮쳐오는 열기
토해내지 않으면 죽을 것 같은지
정신없이 온 숲을 뒤흔든다

뜨거운 울음소리에
내 안 곳곳에서도
아득한 젊음이 아우성친다

묵논습지

판교 생태계 묵논습지
새로운 풍경 아래
풀벌레 소리 들어 보았는가

저 하늘 닮은 푸른 생명들
생강나무, 각시둥굴레, 바디나물 춤추고
붓꽃, 오리방풀, 석잠풀, 붉은 물봉선, 양지꽃
각기 줄기에서 소리를 연주한다
새들도 꽃물결과 합창하여
반갑게 맞이한다

사진기를 연신 눌러 대는 사람이나
꽃나무와 포즈를 취한 사람이나
명지바람 휘이휘이 날아올라
한 송이 꽃으로 환하게 피어난다

민들레 사랑

시멘트 블록 틈으로 고개 내민
작고 연약한 너

밟히고 짓밟혀도
견디고 일어서서
바람을 타고
멀리 날아간다

터를 잡은 어디나
새싹이 돋아
신부처럼 하이얀 꽃

자자손손 이어가는 끈질긴 사랑
영원으로 이어지는 생명의 슬기

바람이 불면

바람이 불면
모든 것이 깃발이 된다

지상의 나무들도
지하의 뿌리들도
깃발이다

네 머리칼도
한 오리 거짓 없이
흔들림의 나무다

탄천의 고기들의 자유도
너울너울 춤추며 수평水平의 깃발이다

모든 것이
끝도 없이 휘날린다

발

벌에게는 날개가 발이고
뱀은 몸이 날개이다
같은 길을 다르게 걸을 뿐
지상의 여행자

내가 걷는 만큼,
달리는 만큼,
새로운 것에 놀라게 하고
머리 위에 월계관이 쓰여진다

하늘이 내려 준 영혼
나의 날개이다

밤꽃

너울대는 밤꽃들
연둣빛 불가사리
온통 허옇게 분칠을 했다

참을 수 없는 욕정
다혈질의 정사, 여름을 부른다

구수하고 비리한 향내
벌들의 나팔 소리 극락이다

봄소식 2

앙증스런 하얀 철쭉꽃 한 송이
뭐가 급해서
잎도 트기 전에 꽃부터 피나
겨우내 아무 일 없던 화분에서
붓꽃 하나 피어났다
끈질긴 힘,
짜릿한 흙냄새
떨림과 울림이 되고 노래가 된다

비누

성품이 워낙 미끄럽고 쾌활해
누구와도 군말 없이 친했다
밤낮 가리지 않고
친화親和성으로 지워주었다

냄새나는 사람을 성토聲討하거나
발설하지도 않았다
궂은 일, 슬픈 일, 말없이 닦아줄 뿐
결코 뽐내지도 않았다

언제나 아름답고
헌신적인 봉사로 생을 마치는
평생의 물거품 같은 삶

나는 그의
얼굴과 손발을 씻기면서
마음까지도 씻어주었다.

비망록

아버지 없이 살아온 길 추웠다
내가 나비가 된다면
앉을 자리 어디 있을까

이래볼까 저래볼까
홀로 서 다독이는 마음

황량한 벌판에서
목숨의 길, 더듬으며

막막히 넘어야 할 언덕은
또 얼마나 남았을까

어머니마저 간 저 길 끝
노령산맥 줄기 아래 용추동 마을

삶의 시공 속에 - 고희

짙어가는 황혼 속에
날마다 이루어지기를 갈망하던 시절도
지금은 헛짚은 듯 그림자로 돌아오고

미련의 여망을 걸어보지만
지난날의 발길은 지울 수 없고

숨죽여 가다듬는 행로에서
아스라이 멀어지는 인고의 세월

온갖 번뇌와 회한이 해탈에 이르기 전에
홀연히 찾아든 고희의 연륜

세월을 서러워하기보다
낮은 데로 흘러가는 저 강물처럼
내일을 소망하며 조용히 살아 보련다

생일날 아침, 당신께

언제나 흐르는 탄천에
오늘따라 물안개 피어오른 구름 꽃
기쁜 날,

고회부처 아여손高會夫妻 兒女孫
오늘 아침 모두 모였습니다

당신의 정성으로 아침을 먹고
당신이 준 마음으로 세상을 봅니다
그토록 모진 풍파 이겨내고 3代를 이룬 당신

양귀비와 부처님 몸에서 피어난 우담바라 꽃이
아름답다 할지언정 견줄 수 없는 당신의 마음
영원한 삶의 꽃, 빛나게 하였습니다

음. 팔월 그믐 청명한 가을
찬란한 햇살이 당신에게 빛 부십니다
항용, 고맙습니다

그늘 꽃

18세에 밝힌 촛불
84여 년의 감추어진 언어들
촛농으로 녹아내린다

육 남매 손바느질 인두 소리
손가락 감싸 안고 숨 가쁘던 날
작달막한 두 다리
오른발은 바윗덩이 왼발은 장작개비

연꽃처럼 고운 얼굴
어디로 가고
삶의 끝자락 산만큼 고달퍼라

말씀 대신 산소호흡기 하늘에 걸고
삭정이 되신 큰형수님…

내 삶을 핑계 삼아
불효 되어버린 숨결
굵은 눈물이다

꿈

인간은 꿈을 잃을 때
건강을 잃어 가는 것이다

꿈이 있는 인간은
할 일이 많은 것이다

배당된 시간을 살다가 병도 들고
고민도 하고 아웅거리기도 하고
욕망과 좌절, 희비애락이다

시궁창 속에서
그 시궁창을 만들어 내는
오로지 순결한 꿈
그 길을 찾아서 걸어야 한다

나무

비가 오나 눈이 오나
폭풍을 견디며 버티는 것은
나무의 신념이다

낮은 곳을 바라보며
고목이 되는 날까지
온몸으로 가르치며 버틴다

잎사귀마다 서러움 없었겠는가
엎드려 있어도 될 것을
한사코 서서 버틴다

제재소에 토막토막 잘려나가면서도
어디든지 버팀목이 되어준다
불도 되고 노래도 되어준다

내 마음속에는

이 세상에
나만 아는 숲이 있습니다

욕심부리지 않는 상수리나무
진실하고 자연스러운 자작나무
물결 흐르듯
서로에게 너그러운 마음으로
함께 우거진 숲을 이룬답니다

어느 날
가지와 가지에서 뻗은 손길은
어느새
가슴을 건너온 불길로
활활 더워지는데
나는 어찌할 줄 모릅니다

둘이 만나
하나가 되는

연리지처럼

오늘은
그냥 한 곳만 바라보고 싶습니다

눈이 펑펑 내리던 날

우수를 앞두고
별을 담은 눈꽃 펑펑 내린다

나뭇가지마다 은빛 송이송이
하얀 목화 꽃 한 송이
그대 가슴에 달아주고 싶다

그녀와 처음 만나던 하얀 얼굴
눈꽃마저 무색해질 하얀 눈꽃 송이
나의 눈꽃은 시들어도
그녀의 눈꽃은 더욱 영롱하리라

오늘같이
하얀 눈꽃으로 만발한 날은
나도 하얗게 변하여서
하얗게 살고 싶다

단념

안양에서 의정부로
상계동에서 분당으로
내리막길과 오르막길에 나는

어제도 내일도 외롭지만
의롭고 정의로운 길을 가고 싶었다

어제는 쌀쌀맞은 날씨였지
오늘은 하루 내내 푸근하였지
비 뿌리다 말다 하던 날도 있었지

그늘진 생활에서도
내일이나
내년이나

도라산역

한 걸음도 더는 나아갈 수 없는 길
경계병의 수척한 정물靜物
쓸쓸한 고요가 노숙하고 있다

'철마는 달리고 싶다'
녹슨 철책선

숲속 지뢰밭에
봄은 또다시 오고 있다

손 내밀면 닿을 수 있는 곳에서
풋풋한 향내로 갈증을 달래줄
항용 반가운 청포도이고 싶다

- 「이런 사람이고 싶다」 부분

2

환승역에서

이런 사람이고 싶다

장미의 빛깔과 향기를
나누는 아름다움이고 싶다

손 내밀면 닿을 수 있는 곳에서
풋풋한 향내로 갈증을 달래줄
항용 반가운 청포도이고 싶다

어느 누군가에게
힘이 되어주는
든든한 거목이고 싶다

백팔번뇌 현실을 떠나서
심장이 멎는 순간까지
생성生成과 소멸消滅을 넘어,
무념무상
니르바나에 이르고 싶다

자동판매기

돈만 주면 즉시
제 몸속 피까지 파는 수전노守錢奴

공공장소의 얼굴
우두커니 선 채
혼 나간 기계

내 입에 푼돈을 넣고
내게서 무엇을 뽑아갔을까?
저 낯 두꺼운 배금주의자拜金主義者

자색양파

단단한 몸에 걸친 겉옷을 벗기니
바싹 마른 갈피마다 시린 눈 떨린다

얼마나 더 눈물을 흘려야
너를 가질 수 있을까

겹겹이 치장된 자색 옷 속으로
수줍게 드러나는 속살

너를 위해 흘리는
눈물 한 방울까지 삶의 활력소가 되는

맵싸한 향기로 빠져들게 하는
너의 몸, 아름답고 신비하다

잡초

거친 땅에서 태어났지만
잘 살아야 한다

스스로 모르는 죄가 많아도
남에게 짓밟히고 흔들리는
생의 한가운데서
기쁘게 살아야 한다

눈 비비며 일어서는 맑은 기운
청정의 힘
끌어안고 살아야 한다

전철 안에서

퇴근 길 전철 안
외발로 온몸을 지탱하며 구걸하는 노파
삶의 이력이 한 장의 종이로 던져진다

미처 손이 닿지 못하는 곳까지
한 끼의 동정을 구하는 사연

두 손 놓아 본 적 없고
멈춘 적 없는 발걸음의
그림자로 구르는 동전 몇 닢
달그락거린다

'앉으세요'
빈자리를 내게 알려 주던 그녀

고달픈 한 삶을 뒤로 두고
돌아서는 발길 아리다

조무락 향수 - 鳥舞樂의 香樹

무엇을 찾으려고
청평강淸平江도 마다한 채

산 너머 아련한 곳에
공허空虛한 마음 채우려나.

오랜만의 여정
우정의 연인을 만난 듯 웃음꽃 이루고

새들도 반가이 즐겨 찾는
조무락 복호폭포와 허브의 자연식물

청수에 비경을 가득 채운 석룡산石龍山이여
향기 짙은 자연의 정기精氣 발걸음 멈추리라

질경이

다지고 다져서 질겨진 목숨
미움도 서러움도 아닌
강건함이 아니더냐

나무도 바람도 아니지만
내게는 꽃이 있고 씨앗도 있으니
어차피 사는 일이 자갈밭인 것을

억수 장대비에도 꺾인 일 없고
사나운 폭풍 능히 견딘다

세상사 시끄러울지라도
다툴 일 없으니
질기게 한 세상 살아남으리라

평생 사랑

사랑이 시작되자
여기저기 공사가 시작되었습니다

하루 종일 정신이 하나도 없어요
쓱싹쓱싹
드르륵드르륵
쿵쾅쿵쾅
모두가 행복한 소음입니다

덜거덕거리던 거,
흉하게 드러나 있던 거,
그러고도 모자라는 마음에
또 뭘 더해야 하는지

이 모든 순간, 당신 얼굴만 떠오릅니다
산다는 것이 통째로 그렇습니다
하루하루 사랑을 배우고
삶의 길도 배웁니다

하늘공원

기막힌 일이다
쓰레기 매립지가
억새 숲으로 변한
하얀 길

밤이 가고 새벽이 와도
하얀 옷의 은빛 행렬

하늘을 우러러 노래하고
저녁엔 임 그리워 모여든다

발소리는 왔다가 유유히 사라지는데
갈대는 말없이 살랑거린다

우리들 가슴에 남긴
황금의 땅
모든 사람 발걸음 멈추게 하였네

해바라기

태양을 향하여
마냥 바라볼 수 있는
당당한 자태

언제나
여유 만만한 미소는
나를 당황케 한다

가슴에 손을 대어
내게도 씨알이 익었는가
생각하게 한다

화담숲 풍경

수십만 평의 생태수목원에 펼쳐진
형형색색의 가을 향연
참나무, 떡갈나무, 오리나무, 산딸나무, 자작나무
이름을 부르며 오른다

눈부신 햇살에 몸과 마음
천지가 열리고
사물들과 이야기 나눈다

산새 소리 바람 소리 물소리
저마다 빛깔별로 일어서서 반겨준다

꽃들의 웃음소리 누가 숨겨 놓았는가
짝사랑하는 나뭇잎의 계절
너와 나
뜨거움을 남기며

지난날의 추억을
가을빛으로 쓰다듬어 본다

환승역에서

만남과 헤어짐이
저토록 분명하게 길을 알려주는
화살표,
오르고 내리고 꺾어져도
조금 전 타고 온 열차는 과거로 가고
새로운 열차를 갈아타기 위해
너는 1호선에 몸을 싣고
나는 4호선에 올라야 하는데
기억 마르기 전 열차는
힘찬 바람 앞세우고
벌써 달려오고 있다

이렇게 큰 인연으로 서 있는
나는 늘 그대를 그립니다

5월의 사랑 1

땅에서 모람모람 솟아난 생명들이
뽐내어 축제를 하면

겨우내 쓸쓸했던 나뭇가지에
초록빛 싱그러운 잎들 한들한들 나붓거리고
뾰족한 소나무 바늘잎도
사랑스럽게 물들어 간다

사랑의 달 오월
꽃박람회 꽃자전거 줄지어 노래하고
숲속의 새들도
아름답게 합창을 한다

다섯 살의 얼굴도 아흔 살의 마음도
오월의 사랑은
마냥 좋은 어린아이다

가뭄에 피는 꽃

무성한 초목도
가뭄이 들 때가 있다

목마른 단비 내리면
작은 풀씨 생명의 싹이 트고
싱싱하게 꽃을 피운다

그 옛날
무명 바지와 검정 고무신
애지중지 살아온 일

고물장사와 행상도
좋다고 뛰어들었던 그때
벼랑 끝
절망은 가고

샘물처럼 솟아나는 소중한 연금
늦게 오는 기쁨
웃음꽃 피었네

석류

화단에 핀, 붉은 선혈
한 줄기 한 줄기 물오름에
시간도 흘러

애송이 입 다문 채
알알이 숨겨진 불꽃
순정의 보석이여

내 삶은 어떠한가
탄생의 기쁨 퍼져라
붉은 선혈처럼

술

살다 보면
환락하지 못한 삶
술로 씻고자 한다

'술'은 마약이다
기쁘게도 하지만 슬프게도 한다
마실수록 속 깊이 숨어 버린다

서서히 술 속에 숨어
너와 나 갇히고 있다
이 몹쓸 그리운 한 잔아,

취업이 안 된다고
하는 일이 잘 안 된다고

속아도 한 잔, 속여도 한 잔,
好事 될 수 있을까
백 가지 중에 말 하나 찾아 마시면 보약이다

시

음식은 유통 기간이 지나면 썩어 버리지만
시는 유효 기간이 지나도 역사를 남긴다

서점에서 독자들이 시를 들었다 놓았다
잘 안 팔릴지라도 내일을 위해 산다

출판사에 주문이 많이 없을지라도
믿을 수 있는 감정들이 궤적軌跡을 남긴다

하루 종일 고물을 주워 팔면 몇천 원이지만
시 한 편은 세계인을 움직이게 한다

아내에게

40년 전 산동네 신말 부락,

슬래브 집에 펌프질하며 살아온 당신

1977년 잡무수로 채용된 직장은

십 년 연하인 당신 호강은커녕

연탄불에 하마터면 저세상으로 갈 뻔했지

내가 기진맥진하면 살아야 한다고 위로하던 당신

강자에겐 굴종, 내게 오랫동안 사랑의 기술을 가르쳤지

남몰래 흘린 눈물은 어디로 갔을까

고난의 길에서 아름다운 꽃을 피우게 한 당신

바람 부는 날이 어디 한두 번이랴

지금도 도배기술로 활동하는 정신은

고운 얼굴의 주름을 늘리게 한 세월을 탓하지 않고

우리 이젠 괜찮아, 그 마음

내가 어떻게 될지라도 오래오래 사랑하고 싶어요

야탑역 1번 출구

앉는 자리가 꽃자리인가
영하의 날씨에도 아랑곳하지 않고
출구 한켠 좌판 펼친 아주머니
푸성귀로 매일매일 다붓하게 가른다

순한 약손은 사랑의 역군
가끔씩 앙귀昻貴 있을 때도
부드러운 말솜씨 내일을 꿈꾼다

허기虛飢짐 참으며 웅크려 보낼지라도
달처럼 둥글게 살기 위해
순한 눈 끄먹거리며 다짐하는
알싸한 봄 냄새, 하늘은 내 편이다

은빛 꽃

90이 넘은 시어머니와 70대 며느리의
허름한 텐트로 얽어맨 노점

주름투성이 앙상한 손으로 건네주는
부추 한 다발
"아주머니는 청춘이십니다"
만 원 한 장, 농을 섞어 내밀면
환한 미소를 거슬러준다

가난을 유산으로 받았겠지만
싱싱한 야채 농사지어
활기 넘치는 생기를 판다

나긋나긋 친절하게 행복을 전해주는
은빛 머리 금빛 얼굴

늦은 밤 동치미에
고구마 먹으며 옛이야기로
날을 새우던
겨울밤의 그때가.

-「겨울날의 그리움」 부분

3

마음의 창

구부러진 나무

시원한 바람 머무는 곳
곧은 나무보다
굽은 나무가 더 아름답다

그늘도 곧은 나무보다
굽은 나무에 더 그늘져
모든 사람 발걸음 멈추게 한다

새들도 곧은 나뭇가지보다
굽은 나뭇가지에 더 많이 날아와 앉는다

그대 시선 머무는 곳
항용 꽃피우지 못해도
곧은 사람보다 굽힐 줄 아는 사람이
더 아름답다

감나무

꽃보다 더 고운
감나무 단풍잎
보고 싶거든 감나무 밑에 앉아 보자

이 세상에서 가장 깨끗한 열매
할머니 사랑같이 달콤한 열매

감나무 단풍잎 고운 꽃방석에 앉아
나도 단풍잎같이
아름다운 빛으로 끝맺음을 할 수 없을까

가을날
쪽빛 하늘 쳐다보고
나도 깨끗한 열매로 고이 떨어져
고운 꽃 보자기에 안기고 싶다

갈대

어느 날
초록빛 물들더니
은빛 출렁이는
찬란한 물결

한 세상 사노라니
매서운 비바람에
쓰러질 듯 힘들었네

살랑대는 몸짓 은구슬 소리
나는 꽃이 아니라
한줄기 바람

깊어가는 가을
잡으려 하지만
생을 고백하는 미련未練

갈대는 사랑의 노래다

강천산剛泉山

맑은 가을 하늘
나무마다 화사한 단풍

솔바람 소리, 낙엽 밟는 소리
먼 데서 울리는 산울림 이어지고

알록달록 화려한 나무들
단풍이 절경을 이루고 있다

비룡폭포, 구장폭포
병풍바위, 범바위, 부처바위 지나
구름다리 건널 때는 아랫도리 후들후들
너도나도 웃음 이루며 멀리 바라보게 된다

쉼 없이 좔좔 흐르는 맑은 물에
못내 아쉬워 발을 담가보니
하늘처럼 맑아진다

온 산이 뜨겁게 달아오른 강천산
아름답게 가을은 깊어가네

겨울날의 그리움

그립습니다.
아궁이 장작불 때며
호호 불며 감자 구워 먹던 일,

논배미에
얼음 얼어 썰매를 타고
냇가에 얼음 배를 타며
놀던 그때가,

그립습니다.
사랑채에 앉아 새끼 꼬며
낮이면 수제비죽 오순도순
나무틀에 왕골자리 짜던 그때가,

그립습니다.
늦은 밤 동치미에
고구마 먹으며 옛이야기로
날을 새우던
겨울밤의 그때가.

고향

방장산과 노적봉의 정기 아래
명주실 세 타래도 모자란 심연深淵의 전설
산수가려 심산계곡 용추폭포

산딸기 풍요하고
팽나무 열매 신비하구나

소 몰아 밭갈이 하던 그 옛날
농기계 새로워지고
정겨운 마을회관도 이루었네

호롱불에 하늘천 따지 읊던 일
그날은 가고

좋은 세상 만났으니
나에게도 활기찬 삶을 갖게 한다

고희를 맞으며

삶의 시공 속에
세월은 강물처럼 흘러
꽃 피고 낙엽 지기를 일흔 번
어느덧 인생 칠십을 맞는다

날마다 이루어지기를 갈망하던 시절도
지금은 짙어가는 황혼 속에
헛짚은 듯 그림자로 돌아오고

아직 남은 세월에
미련의 여망을 걸어보지만
숨죽여 가다듬는 행로에는
지난날의 발길이 지울 수 없고

아스라이 멀어져 가는
인고의 세월은
나는 웃고 울며,

땀 흘려 살아왔다

홀연히 찾아든 고희의 연륜
온갖 번뇌와 회한을 해탈에 이르고
내일을 향해 조용히 소망해 본다

이제는 흐르는 세월을 서러워하지 않겠으며
낮은 데로 흘러가는 저 강물처럼 살리라.

냉수 한 그릇

산성동 언덕에 스산한 바람이 분다
느린 걸음으로 모여와
도란도란 이야기꽃을 피우는 수정노인종합복지관

한결같이 의기소침하지 않고
웃음으로 자아내는 마음은
삶을 더욱 풍요롭게 한다

감사와 평화와 사랑으로
마음 가득 채우기를 바라는 일은
자그마한 냉수 한 그릇에도 온정을 이룬다

돈 많으면 곤고하고
돈 없으면 곤궁하다

가난도 싫고
부자도 싫고

부자도 빈자도 아닌
중간이나 되었으면

은빛 머리 휘날려도
우리 모두를 기쁘게 하는 것은
사랑합니다. 고맙습니다.
나눔의 온기를 전파하는 냉수 한 그릇

단비

가뭄에 내리는 비를
싫다할 사람 없지만

캄캄한 밤에
주룩주룩 비가 온다

천지를 깨어버리는
마음의 평온

나는
그래도
창밖을 내다본다

단풍

스산한 가을 길에
불같이 뻗어가는 정열의 숲
햇빛 따라 바람 따라
한 잎 두 잎
그리움을 쌓이게 한다

추억은 가슴속 깊은 곳에 숨었다가
사무친 그날들을 더듬어 걷노라니
차고 맑은 바람이
이 가을을 설레게 한다

고운 잎새 하나 고이 싸서
울 너머 그녀에게 보내면
책갈피에 고이 넣어 주려나
빨갛게 피어오른 이 마음인 줄 알거나

당신은 소중한 사람

흙담집에서 손뜨개질로
아이들을 키우며
당당하던 당신

안양, 의정부, 서울에서
연탄아궁이에 불붙이며
살아온 세월,
어언 40년 되었네요

거친 손 마주 잡고
주고 받던 눈빛
슬래브지붕 아래 살던 그때가
그리워지네요

하염없이 살아온 지난날
절망은 아니었지요

어느덧 장성한 아들딸 시집장가 보내고

희끗희끗한 머릿결에
눈물 보이는 당신

이젠
우울했던 지난날 다 잊어버리고
웃음꽃 가득한
사랑의 꽃 피웠네요

대나무

높고 낮은 대나무 숲길
폭풍이 몰아치는 날에도 끄떡없는
꿋꿋한 기백 놀랍구나

세상은 너에게 시련을 주어도
언제나 댓잎은 은빛으로 반짝이고

목불木佛처럼 버티고 앉아
잠시도 쉼 없이 공을 쌓는구나

우리 몸에 이로움을 주는 너
사계四季의 푸르름이 으뜸이구나

독도 사랑

바람찬 외로움 견디며 지켜왔건만
아직도 망언하는 철없는 이웃
언제쯤 뉘우치며 돌아설까,

쉴 새 없이 출렁이는 풍랑 이겨내고
장엄한 모습 그리고 신비로움
파도 소리 장단 맞춰 울어대는 갈매기

누가 힘이 없다고 하였던가,
하늘과 민족 혼 살아 있다
변함없는 모습 보여주는 자랑스러운 독도!

어지러운 소식이 들려올 지라도
우리 모두 너를 지킬 것이며
사랑할 것이다

동해의 끝, 독도는 우리의 땅
불러 불러도 조국 사랑 남으니
저 멀리 통일을 향하여 큰 배 띄우자.

동백꽃

가장 눈부신 순간에
동백꽃을 보라

선홍빛 봉오리
추위에도 절색을 이루며

저, 붉은 열정
지나가는 길손 마음을 훔치네

진자리 떨어진 예쁜 서너 송이
늦게 핀 꽃도 아름다움이라네

떨어져 웃고 있는 동백꽃
전생이 무엇이길래
그리도 도도하고 아름다운가

마음의 창

어느 만큼
마음의 창을 펴야
내 마음이 열릴 수 있을까!

얼마만큼
가슴을 더 헤쳐 보여야
내 마음이 느낄 수 있을까!

침묵과 정숙함을 가진
성모마리아상이
나를 반겨준다

열 벌의 코트보다
조그마한 마음의 향기를
전할 길이 민망하여라.

등산

삶의 무게를 지고
자연이 낸 길을 따라
산을 오른다

초록 잎새와 함께 산에 올라
하늘을 마신다
나는 한 마리 새가 된다

산 아래
바라보고 있으면
세상은 얼마나 넓은가

산에는
애솔나무와 어여쁜 꽃들이
모여서 살기에 더 아름답다

가쁜 숨 몰아쉬며
앞만 보고 힘든 길 올랐더니

세상은 내 것이네

산을 지고
하늘을 이고 내려온다

만추

스산한 거리
나무마다 낙엽이 지는 소리

기력 잃은 붉은 잎새
바람결에 사연 담아
저 멀리 날아가네

앙상한 가지에 까치 한 마리
겨울 준비 바쁘고
둥지 밖 남겨둔 채

깊어가는 가을
새 희망을 그려보는 오색풍경
또 한 해가 저물어 간다

매미가 울어대면

창 너머에서 매미가
자지러지게 울고 있다

이런 날은
어김없이 무더움을 알려주는 날이다

머물 수 없는 계절의 변화
참아야 하지 않겠느냐

가는 여름을 아쉬워함이냐
아니면 너도 나처럼
무더위에 지쳐 잠을 설치고 있는 게냐

토해내지 않으면 안 될 사연
순리로 보면
너에겐 참 좋은 시절이란다

모과

마당가 한켠, 울타리에서
비바람 몰아쳐도
제자리를 곱게 지켜주는 너

괴로움도 슬픔도 아픔까지도
다 버리고
속살까지 노랗게 물들어
가을 풍경 이룬다

사랑으로, 기쁨으로
이 가을에 풍년 얘기 들려오고
나뭇가지마다
노랗게 물던 열매 손끝 흔들린다

쳐다만 보아도 코가 시린 가을!
오래 삭힌 모과주
그리워진다

백마강

얼굴 없는 천년의 바람이 분다
삼천궁녀 요원하지만
천년 후에도 꽃상여 타고 있구나

고란사 풍경 소리는
황산벌 마지막 함성으로
모든 이의 아픔으로 파고든다

그대 머물고만 있으면 새로운 날 볼 수 없고
항상 함께하면 환상 속에 잠기네

포말처럼 사라지는 그대 향한 그리움

- 「시간」 부분

4

인생이란

만시지탄

화려한 봄날에
도무지 시가 되지 않았다

눈부신 꽃도 헤아리지 못하고
눈 어두운 지렁이처럼 기었다

꽃잎이 하염없이 흩날리는 날
겨우 시가 피어나기 시작했다

내 생도 힘든 고개 넘어 내리막길에
환하게 꽃피울지

무소유에 빛을 바라보며
뒤늦게 개화를 기다려본다

봄바람

탄천 길
소나무 숲 가지에
스산한 바람 불어온다

졸졸 흐르는 물소리와 함께
징검다리를 지날 때면
버들강아지 초록빛 이루고

찬바람에도 새싹은 돋아나
이 바람 지고나면
세월은 또 저만치 가고 있겠지

우리 함께 걷던
논두렁 밭두렁 오솔길에도
꽃샘바람 불어온다

봄비 2

겨우내 굳게 닫혔던 땅이
조금씩 문을 열기 시작하면
어느새 새싹들이 고개를 내민다

새로운 생명들이 피어나는
화사한 봄날

메마르던 나무들도
우듬지기 우쭐우쭐 눈웃음친다

꽃들도 조용히 웃고
작은 잎사귀도 꿈을 키운다

촉촉한 봄비를 기다려 보는 마음
누구에게나

상추쌈

큰형수님 생각 절로 나네
상추 한 움큼 깡보리밥 한 술
눈을 부릅뜨고 보시던 모습
내 눈앞에 선하네

쌀 한 톨 아까워 먹지 않고
귀엽게 여기시던 마음
자식들과 시동생들에게
물려주셨네

성남 종합터미널

비 오는 날에도 맑은 날에도
바퀴들은 내 인생을 이리저리 옮겨놓는다

서둘러 집을 나서면서부터
죽음으로 가는 연습을 하며 사는 길

교통법규를 준수하며
걷고 달리고

어디든 서로 함께
잘도 굴러가는 바퀴들

성묘 가는 길

조상 찾아 나선 긴 행렬이
소나무 숲을 넘어가고

연분홍 코스모스
길가에 모여
무료한 아이들의 놀이터 됐네

하늘에 계시는 부모님
일 년이나 못 뵌 길에
황금 가을 주시고

높게 오른 하늘은
마음도 맑아져
고향에 가는 자손들의 마음
그 속을 하늘은 알까

세월 2

태양은 강렬하게
세상은 파랗게
빨리도 지나간다

호롱불에 하늘천 따지 읊던 일
변해가는 산천에
내 모습 보니
어느새 은빛 머리 되었네

벌써
꽃 피는 봄인가 싶더니
여름

정보 세상
만났으니
너와 나, 글로 풀어 보자

시간

그대 오는 것인가 가는 것인가
반가워 함께하면 떠나려만 하네

집착한 것들 헛되이 파도처럼 일어나고
기쁨과 슬픔 망각의 피안으로 보내네

그대 머물고만 있으면 새로운 날 볼 수 없고
항상 함께하면 환상 속에 잠기네

포말처럼 사라지는 그대 향한 그리움,
벌써 또 한 해가 저물어 가네

시계 소리

슬픔에 잠기어도
기쁨에 있어도
아득히 빛나던 일들도
똑딱똑딱 잠들지 않는다

생각 없는 느낌
언어 없는 생각이다
깜깜한 세상 시간의 얼굴
항상 세월을 노래하며
모두를 위한 그윽한 별빛이다

시계 소리는
쉬지 않고 째깍 째깍
어둠 속에서도 보석이 된다

얼굴

말간 얼굴에 길이 보인다
꾸밈없는 웃음
아는지 모르는지
그저 웃고 있는

언제 보아도
백합 같던 그대
한의 세월이여

들여다볼수록 깊어지는 얼굴
부끄럽지 않은
노년의 축복인가보다

엘리베이터

손가락 하나 까딱할 때마다
시간을 퍼 올리고 내린다

누가 저 위 높이까지
업어다 줄 수 있을까

시간에 쫓기면서 빠르게
더 빠르게 오르려는 욕심

시작보다 종착점만 바라보다
자신의 정체도 잊은 채
발걸음만 재촉하는 삶의 여정

눈물 없이 살 수 있으랴

슬픈 일이 없어도
눈물을 흘릴 때가 있다

혼자여도 살고 싶은 꿈의 의지
알아주지도 않지만
할 수 있는 일과
할 수 없는 일을 하였을 때,

무연하기보다는
고무되던 날이 되었을 때,

흠도 티도,
금가지 않는 삶이 되었을 때,

향기로운 꽃 한 송이를 보았을 때

여름

불곡산 가는 길에
빨갛게 여물어 가는 고추

가뭄 속에서도
잘 익어가는 산딸기가 웃음꽃 이루네

작열하는 태양 아래
소나기라도 한줄금 내렸으면

아름답고 향기로운 여름
바다를 불러오고
산을 불러온다

맑은 웃음소리와
왁자하게 건네는 인정

수평선 찬란한 낙조落照에
몸을 담그고 싶다

인생이란

보이는 것 전부도 아니고
보이지 않는 것 전부도 아니다

주머니는 비어 있어도
넉넉한 마음을 가지고 싶다

몸은 땅에 있어도
마음은 하늘에 올라
반짝이는 별이 되고 싶다

멋진 양복을 입어도
겉모양 속 모양
다르지 않게
정의롭게 살고 싶다

인생이란 걸림돌 없이
사는 게 으뜸이다

나는 언제나
멋스러이 살고 싶다

자연의 순리

그렇게도 매운 강추위
꽁꽁 얼어붙은 대지에
혹한은 물러가버리고
그래도 애틋한 게 정이런가!

긴 잠에서 깨어난 대지가
기지개를 켜면
하늘은 촉촉한 봄비로 화답하고
광야曠野에 스미는 자연의 손길

나무는 새록새록 물이 오르고
봄은 이처럼 찬란하게
우리 영혼을 들뜨게 하네

바쁨을 알리는 종달새도
한껏 껴안은 꽃향기 속에
넘치는 살아 있음의 기쁨!

성큼성큼 다가오는 봄소식에
삶의 희망도 꽃피우리다.

잠

불빛에 떠 있는
신비한 나뭇잎 세다가
잠이 들었네

나뭇잎이
잠든 몸 위로 떨어지다
나무가 되는 꿈을 꾸었네

안타까운 이 밤
너무나 아름다워
그대 간절히 그리웠네

그대여
내 집 잃은 여름밤
내게 편안한 잠, 허락하시라

장마

빗소리 매미 울음
잠 못 이루는 여름밤

뇌성벽력 쿵쾅쿵쾅
요란스런 반주굉음

폭우가 쏟아졌다가
가랑비로

호우 폭풍
번갈아
장대비 퍼붓는다

칙칙한 어둠 속
유난히 긴 장마

1월

수평선 끝에서
붉은 해가 떠오를 때
내 머릿속에서도
해는 떠오르고

저 숲에서
새들 지저귈 때
내 가슴속에서도
새는 노래한다

공중에 날아다니는
주인 없는 빛들
불러모아
내 앞마당에
그림 그려본다

아픔과 동거하면서 – 狹窄症

진단 6개월째,
병원에서는 수술을 권한다

세상은 눈물이 아니라
이웃을 잇는 인정이다

이웃이 권하는
물구나무 운동과
매일 30분 이상 걷는 것
내가 할 수 있는 것으로
통증을 달래었다

당기고 찌르던 고통도
그늘진 마음도
조금씩 사그라든다

창밖의 바람과
허공의 구름을 본다

나에게 세월이 준 선물이다

아픔과 동거하면서
그 뒤에 숨은 삶의 의미를
되새겨 본다

들국화 사랑

볏짚 사일리지 줄지어 있는
가을들판
논두렁길 하얀 들국화

삭풍에도
무리 지어 피었네

스산한 날
환한 얼굴 보여준
너

베란다의 가을
내 마음도 하얗게 물들어
꽃내음 이룬다

풀벌레 소리 어둠을 물어 나르는 곳
벚꽃나무 어둠을 태우고
새들은 꽃잎을 떼어 허공에
매달고 있었다

−「판교 마당바위」 부분

5

시간에 대하여

보문사普門寺에서

초록 세상은 가버리고
화장기 짙은 은행잎
환호성 이루다

웅장한 절벽,
옥시글 대열에 나도 자비로움 되어
사백십 계단 숨차지 않았다

지난날을 뉘우치게 한, 불상 앞에
부진했던 내 삶의 길도 해풍海風 따라 가버렸으면 한다

사람이 추하면 슬프지만
불경은 마음을 맑게 해준다

사랑의 힘

청명한 가을 하늘 그대와 함께
아름다운 강천산을 오른다

따가운 햇살에선 느껴지지 않아요
깊은 바위틈에서도 빛은 아름다운 것

다리 하나 절룩일 때 지팡이 되고
진흙 수렁 속에도 디딤돌 되지요

내 삶에 힘이 되는 깊은 사랑을
이제는 나누고 싶어요

반딧불로도 빛나고 싶어요
먼 훗날도 디딤돌 되고 싶어요

산에 오르면

산에 오르며
나는 햇빛과 함께 한 마리 새가 된다
산은 얼마나 높은가
세상은 얼마나 넓은가
비탈길 기슭에서도
산새들과 웃음의 노래 아름답다
숨도 차고 아픈 다리도 참고
앞만 보고 힘든 길 날아올랐는데
다행인 건
기쁨도, 행복도, 건강도, 내 것이란 것
산을 지고 하늘을 이고
나무 품속 그늘과 열매 함께 내려온다

시간에 대하여

시간의 빛깔은 파랗다
적막을 흐르면서
슬픔의 생각에 골똘하다

때로는 모습을 드러내는
짐승인가

삶의 길에서 허리가 구부러지고
마음의 끈이 끊어져
나날이 어두워져 가더라도
시간은 보석이다

여름 나무

푸르른 기상氣象으로
싱그러운 동심同心이 되어

줄기에서 잎맥을 타고 수액을 따라
꿋꿋한 의지를 키우며 하늘 길 연다

가마솥 불볕더위에도
무성하게 미래를 꽃피우려는
영혼 속으로 흐르는 천년의 강물이다

우리는

우리가 가는 길, 가야 할 곳은
슬픔도 아니고 눈물도 아니다
저마다 내일이 기쁨을 만들고
웃음을 가져오는 길이요 목적이다

죽은 과거는 과거에 묻어라
꿈과 생기를 찾는 곳
마음과 마음을 공유하는 곳

하루하루 삶 깨우치고
장엄莊嚴한 생에 이루어가는
시간의 발자취,

먼 훗날 누군가에게도
내일을 이겨낼 용기를 주고
끊임없이 성취하고 꿈을 키우도록

주름살

넓게 퍼진 산 그림자
그늘 덮인 얼굴
할퀴고 간 생채기에
울고 헤어지는 한 세상

매듭마다 얽히고설키고
속절없이 가버린 내 젊음
뒤돌아보니
깊이 패인 세월의 발자취

창궐猖獗하는 스마트폰

하나의 입이
여럿의 귀를 다스리던 시대가 있었다
어두웠던 날을 벗어나
거대한 세계 속에
이젠 개인용 시간으로
스마트폰 안에는 다가올 미래로 가득하다
불러올 수 있는 일들은 무한하고
진실과 거짓이 긴 꼬리로 넘쳐난
이름 없는 사람도 알려질 때가 있다
밥을 먹을 때에도 차를 마실 때에도
횡단보도를 건널 때에도
눈을 박고 그 속으로 빠져드는 모습
싱싱한 소식들은 빨리 시들고 사라진다

탄천을 베끼다

봄비 내린 후
봄볕과 함께 사랑 속삭이는
파릇파릇 쑥, 냉이, 잡풀들,
발걸음 멈추게 한다

흐르는 시냇물
옹기종기, 청둥오리 펄떡이는 잉어떼
새소리 바람 소리 이 아름다운 것들,
마음을 들뜨게 한다

앞서가는 사람 뒤따르는 사람
즐겁게 이어지고
힘차게 페달을 밟아가는 젊은이들
신바람 이루는 아름다운 탄천이여

판교 마당바위

천지 올라가는 길
살아 있는 오래된 풍경

사랑의 물결 이룬
신비의 자태

풀벌레 소리 어둠을 물어 나르는 곳
벚꽃나무 어둠을 태우고
새들은 꽃잎을 떼어 허공에
매달고 있었다

하늘하늘 몸 비비는 꽃비
해의 옆구리 간질이고 있다

흑백 결혼 사진

푸른 꿈을 걸고 가지런히 서 있다
세월로 바랜 흑백 사진들

초라한 사진첩
누렇게 바랜 빛과 그늘

아리고 쓰린 나날들
눈물을 참고 또 참았던 흘러간 그날이여,

어느덧 황혼의 두께를 깔고 앉아
마음의 평화를 꿈꿔요

삶이란
걸림돌 없이 사는 일이다

흰 구름

긴 장마가 끝나고
유유히 흘러가는 흰 구름
푸른 하늘 저편으로 흘러간다

모처럼 맑고 희고 높은 구름
모처럼 맑고 푸르고 높은 하늘

이런 날은 하늘 높이 올라가
구름 위에서 두둥실

구만 리 하늘을 날아갈 수 있다면
살아온 세월만큼 꽃길 되리라

마장호수 출렁다리

나는 바람처럼 출렁입니다
당신과 나는 곡예를 하듯 비틀거립니다
220m 출렁다리여,
맑은 호수를 지날 때면
기울어 가는 황혼의 시간이
사라지던 날,
흩어진 기억들도 구름되어 출렁입니다
5월의 푸르름과 함께
하늘로 하늘로 날아오릅니다
하늘 아래 가득한 사랑처럼
마장호수 출렁다리

가을 2

꽃잎보다 고운 빛깔
나뭇잎이 물들었다

잎과 열매는 하늘을 보듯
저 멀리 산마루엔
다람쥐도 바빠지고

들판에도 황금빛 물결 이루니
내 마음 풍요롭다

나무들은 열매로 익어가고
사람은 행동으로 깊어진다

낙엽이 뒹구는 스산한 거리
가을은 깊어가네

개구리 울음소리

고즈넉한 정선의 밤풍경
들린다 생명울림
어릴 적 듣던 울음소리

슬퍼서 우는 건지
쓸쓸해서 우는 건지
님이 그리워 우는 건지

문을 닫아도
문을 열어도
그 슬픈 소리 정말 모르겠구나

슬픔과 울분이
견딜 수 없는 세상사라도

꽃같이 아름다운 한세상
꽃같이 시들어가는 것을

네가 그렇게 슬피 울어대니
천지에 쓸쓸함만 가득해

봄맞이

겨우내 관리 못 한
케케묵은 옷과 이불
햇빛에 쏘인다

신발장과 싱크대도
묵은 먼지 털어내고

구석구석 꼼꼼하게
깨끗하게

봄을 준비하는 마음
가벼운 발걸음

언제나 봄날처럼
꽃피었으면

나무예찬

들판에 서 있는 나무는
고독을 달래기 위해 바람을 부른다

너울대는 잎새들의 나무는 슬픔도 없다
뿌리째 걸어가고 싶지만
땅은 나무를 잡고 꼼짝 못하게 한다

나무는 항상 서 있지만
흐트러짐이 없고
경건함에
결국 서 있을 수밖에 없다

매화를 사랑하며

태풍에 꺾였어도
움 틔우며

혹독한 칼바람 이겨낸
꽃물결은

깊은 상처 헤집고
뜨거운 햇살로 이룬 사랑

버들강아지

어머니 젖내 나는 3월

새순마다
몽글몽글
뽀얀 젖꼭지

삭풍 속에서도
봄앓이 하더니
젖줄 물고
태어나는
연초록의 봄

3월의 봄

꽃샘바람 싸락눈으로
옅게 뿌리고 간 탄천에
외로운 발자국

한풀 기 꺾인 바람
수줍게 지나가며 봄을 손짓하는
반가워라 3월,

성큼 다가오는 봄소식에
삶의 희망도 꽃피운다

고운 잎새 하나 고이 싸서
울 너머 그녀에게 보내면
책갈피에 고이 넣어 주려나

–「단풍」부분

작품해설

삶의 가치 탐구를 향한
시문학의 열망

지연희 | 시인

삶의 가치 탐구를 향한
시문학의 열망

●

지연희(시인)

　　시문학은 세상 삶의 아름다움을 다루는 정신문화의 으뜸이다. 시어의 그릇에 담아 실타래처럼 풀어내는 무궁한 생명 질서의 돋음이며 가치 탐구이다. 이와 같은 특별한 헌사의 작업을 몸소 감당하려 하는 사람들을 일컬어 시인이라고 한다. 시인은 눈길에 머무는 대상이 지닌 의미를 향한 끝없는 사유의 천착이 빚어 놓은 언어의 그림이다. 까닭에 시인은 세상에 놓여진 모든 존재에 대하여 무심할 수 없으며 그 존재와의 특별한 질문과 개별적인 답으로 추출한 해답을 여는 자유를 누리게 된다. 오늘 격월간 한국문인 신인상 시 부문에 당선되어 시인의 길을 부단히 걸어가고 있는 신사봉 시인의 작품을 감상하는 기회를 갖게 되고 작품해설을 쓰며 시인의 면모를 다소나마 짚을 수 있어 감사하게 생각한다. 지구촌 수억만 명에 이르는 사람들 중에 가까이 한 사람을 알게 된다는 일 또한 특별한 인연임에는 분명하다. 아직 대면한 지 얼마 되지 않아 이러이러한 분이라는 언급은 무리인 듯하지만 단 한 가지, 시문학에 대한 열정만은 대단한 분이라는 사실이다. 좋은 시를 쓰기 위한 탐구정신은 문학인 누구나에게 주어진 사명이지만 이를 실천할 수 있는 일이란 그다지 쉬운 일이 아니다. 평범한 일상에서부터 느덧없이 불어 닥친 태풍의 눈에 휩쓸린 삶의 의미들까지 문학은 미세한 시인의 시선으로 천착하는 인생비평이다. 신사봉 시인의 첫 시집 『눈물 없이 살 수 있으랴』의 총체적 의미는 지난 한 삶을 살아온 사람들에게 던지는 희망과 용기의 메시지이다. 특히 가족들과 함께한 살가운 이야기는 올곧은 삶의 자취로 남아 읽는 이의 오감을 여는 긍정의 메시지가 된다.

바람의 가는 숨결이
그렇게 소중한 것인 줄 몰랐다

길섶 작은 풀꽃의 미소가
그렇게 아름다운 줄 몰랐다

빗줄기 하나하나가
큰 시냇물이 되는 줄 몰랐다

피곤에 지친 하루의 끝에 앉아 나누는
맑은 담소가 그렇게 힘찬 줄 몰랐다

글자 한 자 한 자가 모여
꿈과 생기를 일으키는 줄 몰랐다
                    - 시 「몰랐다」 전문

짙어가는 황혼 속에
날마다 이루어지기를 갈망하던 시절도
지금은 헛짚은 듯 그림자로 돌아오고

미련의 여망을 걸어보지만

지난날의 발길은 지울 수 없고

숨죽여 가다듬는 행로에서
아스라이 멀어지는 인고의 세월

온갖 번뇌와 회한이 해탈에 이르기 전에
홀연히 찾아든 고희의 연륜

세월을 서러워하기보다
낮은 데로 흘러가는 저 강물처럼
내일을 소망하며 조용히 살아 보련다
- 시 「삶의 시공 속에-고희」 전문

　문학을 궁극적으로 앞서 거론한 인생 비평이라고 보면 시인의
시선이 모은 위의 두 편의 시는 '바람의 가는 숨결이나, 길섶 풀꽃
의 미소, 빗줄기 하나하나가 이루는 소중한 가치'가 삶의 지침이
되는 일인 줄 미처 깨닫지 못했다는 무지에서의 눈뜸이며 '몰랐다,
몰랐다'고 하는 타동사의 연속된 강조는 새로운 인식을 여는 발견
의 관문이 아닐 수 없다. 결국 전에는 몰랐던 일들을 이제야 알게
되었다는 깨달음에 이르는 놀라움이 이 시의 메시지이다. 이처럼
무엇 때문에 무엇을 도모하는 일이 긍정적 가치를 지녔다면 비장
한 각오를 내다보게 하는 일이라고 생각된다. 이는 시 「삶의 시공
속에-고희」의 숨은 메시지에서 그 해답을 건질 수 있게 된다. '온
갖 번뇌와 회한이/ 홀연히 찾아든 고희의 연륜// 세월을 서러워하
기보다/ 낮은 데로 흘러가는 저 강물처럼/ 내일을 소망하며 조용
히 살아 보련다'는 삶의 성찰에 눈뜨게 한다. 낮은 자세의 겸손함

으로 내일을 열어내는 몸가짐이다. 나를 세우려는 일은 나를 낮추는 일이라고 한다. 신사봉 시인의 시 정신은 암시적으로 이 같은 낮은 자세로의 겸손 속에서 자신을 발견하는 혜안을 얻고 있다고 보아야 할 것이다.

장미의 빛깔과 향기를
나누는 아름다움이고 싶다

손 내밀면 닿을 수 있는 곳에서
풋풋한 향내로 갈증을 달래줄
항용 반가운 청포도이고 싶다

어느 누군가에게
힘이 되어주는
든든한 거목이고 싶다

백팔번뇌 현실을 떠나서
심장이 멎는 순간까지
생성生成과 소멸消滅을 넘어,
무념무상
니르바나에 이르고 싶다
　　　　　　　　　　－ 시 「이런 사람이고 싶다」 전문

거친 땅에서 태어났지만
잘 살아야 한다

스스로 모르는 죄가 많아도
남에게 짓밟히고 흔들리는

생의 한가운데서
기쁘게 살아야 한다

눈 비비며 일어서는 맑은 기운
청정의 힘
끌어안고 살아야 한다
　　　　　　 - 시「잡초」전문

'싶다'는 무엇을 하고자 하는 마음이나 의욕이 있음을 말함이며,
'한다'는 무엇을 하고 있거나 무엇을 해야 한다는 의미를 담고 있
다. 신사봉 시인의 첫 시집은 '싶다'와 '한다' 같은 강렬한 의지표명
의 메시지로 삶의 지표를 세워 스스로에게 다짐하는 시편들이 많
다. '어느 누군가에게/ 힘이 되어주는/ 든든한 거목이고 싶다'는 바
람을 기원하고, 나아가 '백팔번뇌 현실을 떠나서/ 심장이 멎는 순
간까지/ 생성生成과 소멸消滅을 넘어/ 무념무상/ 니르바나에 이르고
싶다'는 것이다. 모든 번뇌의 얽매임에서 벗어나 진리를 깨닫고 불
생불멸 열반의 경지를 꿈꾸게 된다. 속세의 굴레에서 벗어나 이와
같은 평안을 누릴 수 있다면 어쩌면 생명으로 누려야 할 가장 아
름다운 이상의 세계에 머물 수 있는 것이 아닐까. 시인은 이 무량
한 니르바나에 가 닿기를 소망한다. 그러나 그 같은 경지에 닿기가
쉽지 않다는 것을 체득하고 있을 것이다. 오직 생성과 소멸을 뛰어
넘는 해탈을 향한 면벽기도로 일체를 이루는 고승이 아니고는 쉬
이 넘을 수 없는 경지임에도 시인은 이 영겁의 세계를 꿈꾸고 있다.
'꿈은 이루어진다'라는 바람처럼 시인은 자신의 삶의 저변에 커다
란 표적을 만들고 경계經界를 짓고 있을지 모른다. 인간은 하루에도
적지 않은 꿈의 날개로 이상을 세우고 이를 향한 깃발을 나부끼고

있다. 최선의 노력은 최선의 결과를 보여주는 까닭이다. '스스로 모르는 죄가 많아도/ 남에게 짓밟히고 흔들리는/ 생의 한가운데서/ 기쁘게 살아야 한다/ 눈 비비며 일어서는 맑은 기운/ 청정의 힘/ 끌어안고 살아야 한다'는 어떤 고단과 실연이 다가와도 견디고 일어서야 한다는 수행의 걸음이다.

시원한 바람 머무는 곳
곧은 나무보다
굽은 나무가 더 아름답다

그늘도 곧은 나무보다
굽은 나무에 더 그늘져
모든 사람 발걸음 멈추게 한다

새들도 곧은 나뭇가지보다
굽은 나뭇가지에 더 많이 날아와 앉는다

그대 시선 머무는 곳
항용 꽃피우지 못해도
곧은 사람보다 굽힐 줄 아는 사람이
더 아름답다
　　　　　- 시「구부러진 나무」전문

어느 만큼
마음의 창을 펴야
내 마음이 열릴 수 있을까!

얼마만큼
가슴을 더 헤쳐 보여야

내 마음이 느낄 수 있을까!

침묵과 정숙함을 가진
성모마리아상이
나를 반겨준다

열 벌의 코트보다
조그마한 마음의 향기를
전할 길이 민망하여라
                    – 시「마음의 창」 전문

　　마음을 닦는 거울이 시라는 생각을 한다. 특히 신사봉의 시에서
는 어떤 사물의 움직임일지라도 사람 사는 이치에 적용되어진 의
미의 사연들을 만나게 된다. 이 사유의 길목에는 너와 나의 경계
가 허물어지고 비록 그 대상이 생명이 있거나 생명이 무위하다 하
여도 하나로 결합하여 동일시되는 물아일체의 경지에 다다르게
한다. 시「구부러진 나무」의 언어를 펼쳐보면 '시원한 바람 머무는
곳/ 곧은 나무보다/ 굽은 나무가 더 아름답다// 그늘도 곧은 나무
보다/ 굽은 나무에 더 그늘져/ 모든 사람 발걸음 멈추게 한다'는 것
이다. 자신을 굽히어 그늘을 만드는 나무에 사람이 모이는 것은 그
늘의 배려 때문이다. 찌는 무더위의 한낮 피할 수 없는 땡볕의 폭
서는 그늘을 찾기 마련이며 우람한 느티나무의 그늘이야말로 나
무가 허리를 굽혀 모아놓은 그늘의 배려이다. 겸손의 미덕이 아름
다운 세상을 만들 수 있고 따라서 허리 굽은 나무에 새들도 날아
와 쉴 곳을 찾을 수 있는 화애로운 세상(관계)을 이룰 수 있는 것이
다. '어느 만큼/ 마음의 창을 펴야/ 내 마음이 열릴 수 있을까!// 얼

마만큼/ 가슴을 더 헤쳐 보여야/ 내 마음이 느낄 수 있을까!' 시 「마음의 창」 일부이다. 앞의 시 「구부러진 나무」는 자신의 육신을 헌신하여 나 이외의 대상들에게 내어 놓는 헌신이라고 보면 시 「마음의 창」은 열리지 않고, 느낄 수 없는 소통 부재의 대상을 향한 단절의 안타까움을 짚어내고 있다. 마음이 열리고 마음을 느낄 수 있는 일은 소통의 아름다움이지만 결국 '열 벌의 코트보다/ 조그마한 마음의 향기를/ 전할 길이 민망(憫惘)한 어려움 속에 서성이는 모습을 보여주고 있다. 너와 내가 하나로 마음을 열어 놓고 느낄 수 있다면 세상은 시인이 추구하던 근심, 걱정이 없는 니르바나 선경에 이르는 과정이 될 것이다.

스산한 거리
나무마다 낙엽이 지는 소리

기력 잃은 붉은 잎새
바람결에 사연 담아
저 멀리 날아가네

앙상한 가지에 까치 한 마리
겨울 준비 바쁘고
둥지 밖 남겨둔 채

깊어가는 가을
새 희망을 그려보는 오색풍경
또 한 해가 저물어 간다
- 시 「만추」 전문

마당가 한켠, 울타리에서
비바람 몰아쳐도
제자리를 곱게 지켜주는 너

괴로움도 슬픔도 아픔까지도
다 버리고
속살까지 노랗게 물들어
가을 풍경 이룬다

사랑으로, 기쁨으로
이 가을에 풍년 얘기 들려오고
나뭇가지마다
노랗게 물던 열매 손끝 흔들린다

쳐다만 보아도 코가 시린 가을!
오래 삭힌 모과주
그리워진다
　　　　　　　　　- 시 「모과」 전문

　　붉게 물든 낙엽의 군무가 계절의 허무를 스산한 거리에 펼쳐내
고 있다. '나무마다 낙엽이 지는 소리'로 시 「만추」는 가을의 정서를
입고 있다. 조락의 이별이 뿌려 놓은 '기력 잃은 붉은 잎새/ 바람결
에 사연 담아/ 저 멀리 날아'간다는 시인의 시선은 가을 잎 어디론
가 사라지는 풍경 너머로 마른 생명의 종말을 깊은 가을의 이름으
로 조망해 내고 있다. 여느 계절과 달리 '스산하다'는 이 배경은 앙
상한 나뭇가지에 까치 한 마리 겨울 준비에 바쁘게 움직이고, 깊어
가는 가을은 새 희망을 그려보는 오색단풍을 창문에 걸어 놓고 또

한 해가 저물어 가는 시간 위에 서 있다. 가을의 같은 시간, 공간적 이동의 또 다른 그림은 시「모과」에 주목하게 한다. 마당가 한켠, 울타리에서 비바람 몰아쳐도 제자리를 곱게 지켜주던 너의 모습이다. 홀로 가지를 지키며 괴로움도 슬픔도 아픔까지도 견디며 노랗게 물든 가을풍경의 네가 대견스럽다. 풍성한 결실의 계절, 사랑과 기쁨이 충만하다. '쳐다만 보아도 코가 시린 가을/ 오래 삭힌 모과주'를 그리워하는 시인의 시선이 불콰하게 차오른다. 가을은 풍성한 열매가 있는, 그러나 허무와 조락의 계절임을 두 편의 시는 명증하게 짚어주고 있다.

> 탄천 길
> 소나무 숲 가지에
> 스산한 바람 불어온다
>
> 졸졸 흐르는 물소리와 함께
> 징검다리를 지날 때면
> 버들강아지 초록빛 이루고
>
> 찬바람에도 새싹은 돋아나
> 이 바람 지고나면
> 세월은 또 저만치 가고 있겠지
>
> 우리 함께 걷던
> 논두렁 밭두렁 오솔길에도
> 꽃샘바람 불어온다
>   - 시「봄바람」 전문

겨우내 굳게 닫혔던 땅이
조금씩 문을 열기 시작하면
어느새 새싹들이 고개를 내민다

새로운 생명들이 피어나는
화사한 봄날

메마르던 나무들도
우듬지기 우쭐우쭐 눈웃음친다

꽃들도 조용히 웃고
작은 잎사귀도 꿈을 키운다

촉촉한 봄비를 기다려 보는 마음
누구에게나
　　　　　　　　　　－ 시「봄비 2」전문

　　만물이 생동하는 계절이다. 겨우내 숨죽였던 생명의 힘이 불쑥
불쑥 일어서 초목이 되는 이 계절에 시인은 식물 못지않은 생명의
눈동자를 자연의 오묘한 귀틀 위에 집중하게 된다. 시「봄바람」과
시「봄비 2」를 감상하면서 생동하는 자연의 아름다움에 저절로 빠
져들게 된다. 시인이 기거하는 탄천은 이 지역 주민들 정서의 생명
줄이다. 더구나 온갖 자연생물이 서식하는 이곳의 봄은 경이로운
율동이 아닐 수 없다. '탄천 길/ 소나무 숲 가지에/ 스산한 바람 불
어온다// 졸졸 흐르는 물소리와 함께/ 징검다리를 지날 때면/ 버들
강아지 초록빛// 찬바람에도 새싹은 돋아나// 이 바람 지고나면/

세월은 또 저만치 가고 있겠지// 우리 함께 걷던/ 논두렁 밭두렁 오솔길에도/ 꽃샘바람 불어온다'는 이 봄의 시 한 편은 봄날의 정취가 감성의 가닥에 자연스레 묻어나는 경이로움이다. 「봄비 2」의 경우에도 신사봉 시에서 드러나는 꾸밈없는 시어의 조탁이 자연스레 버무려져 겨우내 굳게 닫혔던 땅이 조금씩 문을 열기 시작하고, 어느새 새싹들이 고개를 내밀고 있다. 메마르던 나무들도 우듬지기 우쭐우쭐 눈웃음치는 촉촉한 봄비를 기다리는 마음이다.

신사봉 시의 총체적 의도는 자연과 함께하는 따뜻한 호흡이라고 말할 수 있다. 그만큼 그의 시는 부담 없이 읽을 수 있는 탄천의 물흐름을 닮았다. 시는 산문처럼 물 흐르듯이 막힘이 없어야 한다는 어느 원로시인의 말씀처럼 신 시인의 언술에는 자연한 시냇물의 리듬이 흐르고 있다. 그러나 수많은 시인들이 걸어가는 길목에는 개척자의 행보와도 같은 새로운 언어의 창조적 의도를 무시할 수는 없을 것이다. 이쯤에서 신사봉 시읽기를 마무리한다. 시 「보문사普門寺에서」, 시 「흰구름」, 시 「아내에게」, 시 「가뭄에 피는 꽃」, 시 「대나무」, 시 「얼굴」 등 좋은 시들을 다 언급하지 못한 아쉬움이 있다. 지난한 고행의 삶을 살아온 시인의 곡진한 시간 속에서 삶의 가치 탐구를 향한 시문학의 열망이 있어 신사봉 시문학의 미래는 보다 더 성장하리라는 기대를 지니게 한다. 축하드린다.

눈물 없이
살 수 있으랴

신사봉 시집